W9-AYN-223

folio benjamin

Traduction de Hannah Ash

ISBN : 2-07-054867-8
Titre original : *Well I Never*
Publié pour la première fois par Andersen Press Ltd., Londres
© Heather Eyles, 1988, pour le texte
© Tony Ross, 1988, pour les illustrations
© Éditions Gallimard Jeunesse, 1988,
pour la traduction française,
2002, pour la présente édition
Numéro d'édition : 04667
Loi n° 46-956 du 16 juillet 1949
sur les publications destinées à la jeunesse
Dépôt légal : février 2002
Imprimé en Italie par Editoriale Lloyd
Réalisation Octavo

Heather Eyles · Tony Ross

Je ne veux pas m'habiller

GALLIMARD JEUNESSE

Lundi matin, c'était l'heure
de partir à l'école, et Lili
n'était pas encore habillée.
Comme d'habitude.

– Dépêche-toi d'aller mettre
ton tee-shirt, dit maman,
il est dans ta chambre.

– Je ne peux pas y aller,
il y a une sorcière qui y est, dit Lili.
– Ne dis pas de sottises,
s'il te plaît ! dit maman.

– Et ton bermuda est dans la salle de bains, dit maman.

– Je ne peux pas y aller, dit Lili,
il y a un vampire qui y est.
– C'est ça ! dit maman.

– À propos, dit maman,
tes chaussettes
sont dans l'escalier.

– Alors là, je ne peux pas y aller, dit Lili,
il y a un loup-garou qui y est.
– N'importe quoi ! dit maman.

– Et tes chaussures, tu sais où sont tes chaussures ! Dans le placard qui est sous l'escalier ! dit maman.

– De toute façon, je ne peux pas y aller, dit Lili, il y a un fantôme qui y est.
– Et quoi d'autre encore ! dit maman.

Alors,
en personne,
maman alla
chercher les
habits de Lili.
– Derrière
de grenouille
et fesses
de limace !
s'exclama
la sorcière
de sa voix
stridente.
Elle se trouvait
vraiment
ravissante
dans le tee-shirt
de Lili.

– Mais quel cou satiné, ma très chère ! susurra le vampire qui finissait d'enfiler le bermuda de Lili.

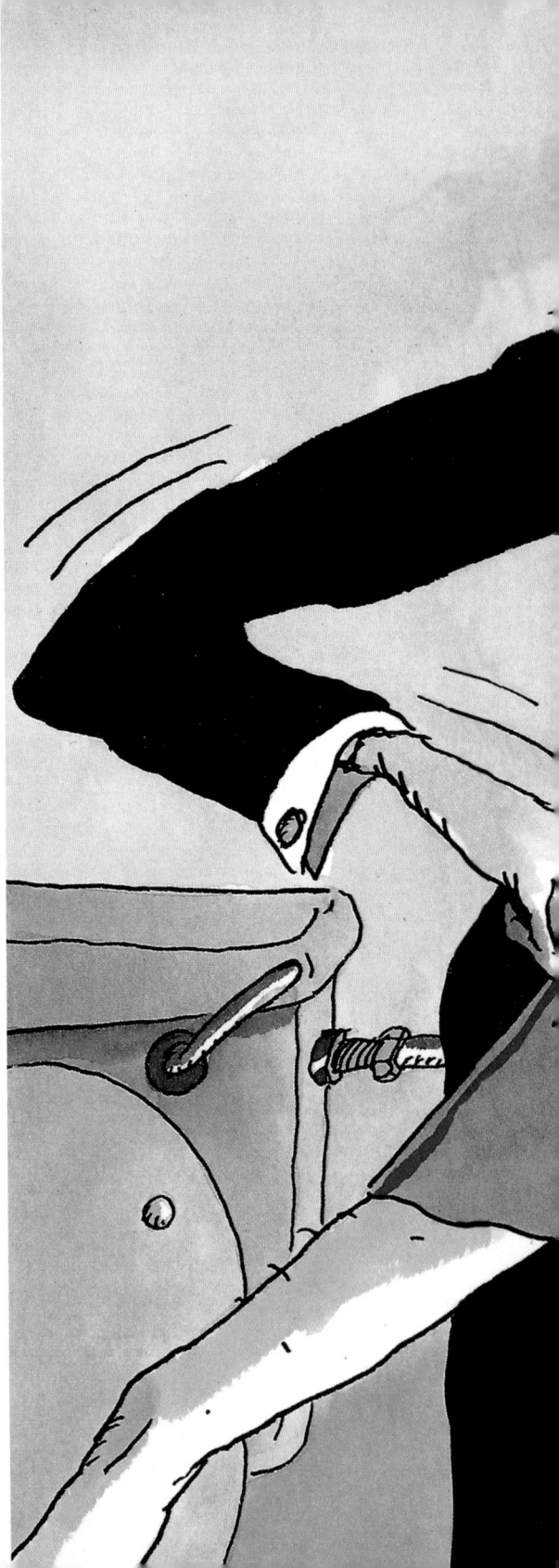

– Grrr… gronda
le loup-garou
qui se régalait
d'un bon
sandwich
à la chaussette
mâchée.

Le fantôme
ne dit rien,
absolument
rien. Il esquissa
un pas de
danse dans
les sandales
de Lili.

35591

Alors maman retourna en courant
à la cuisine.
– C'est impossible ! dit-elle.
– Tu me fais une farce, n'est-ce-pas,
maman, dit Lili.

– Tu crois ? dit maman.
– Dis, maman, il n'y a pas de monstre, n'est-ce pas ? dit Lili.
– Tu crois ? dit maman.

Et, main dans la main, elles allèrent voir ensemble ce qu'il y avait vraiment dans le placard…

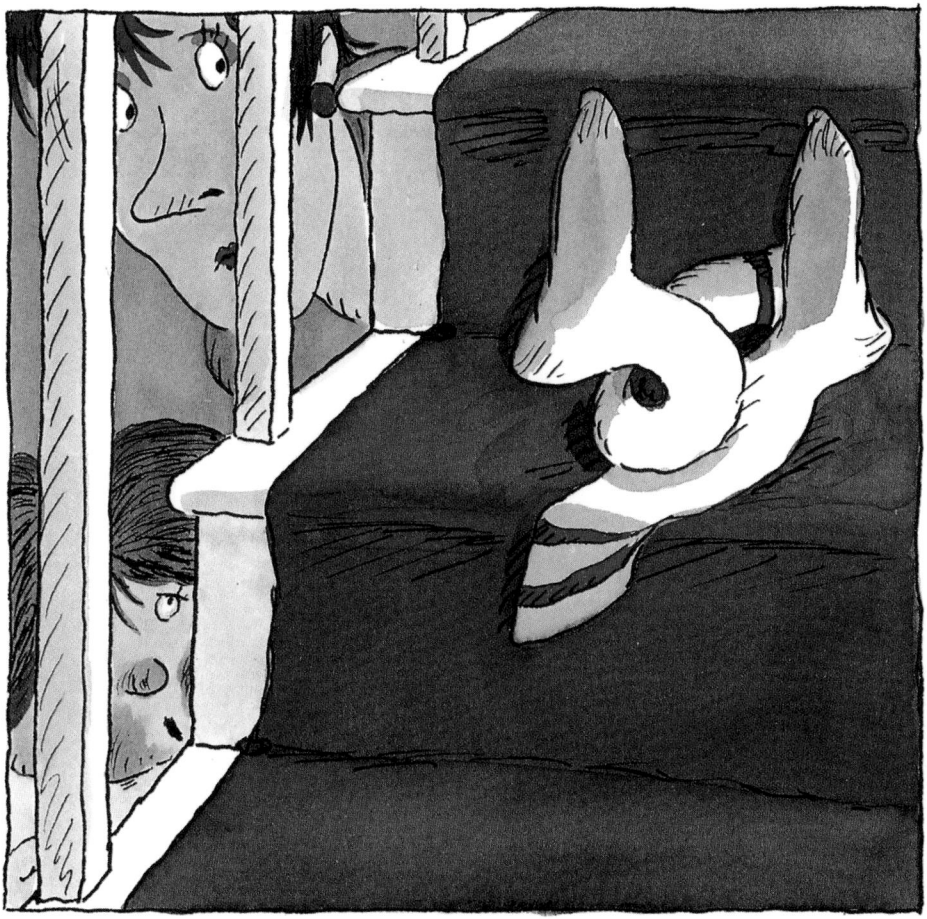

dans l'escalier…

dans la salle de bains…

dans la chambre.

– Ouf ! dit maman.
– Je te l'avais bien dit ! s'exclama Lili.

Je crois d'ailleurs que je vais m'habiller.

folio benjamin

Dans la même collection :

Les Bizardos 2
Le livre de tous les bébés 39
écrits et illustrés par Allan et Janet Ahlberg
Les Bizardos rêvent de dinosaures 37
écrit par Allan Ahlberg
et illustré par André Amstutz
Si la lune pouvait parler 4
Un don de la mer 5
écrits par Kate Banks
et illustrés par Georg Hallensleben
Le monstre poilu 7
Le retour du monstre poilu 8
Le roi des bons 45
écrits par Henriette Bichonnier et illustrés par Pef
Les cacatoès 10
Le bateau vert 11
Armeline Fourchedrue 12
Zagazou 13
écrits et illustrés par Quentin Blake
La véritable histoire des trois petits cochons 3
illustré par Erik Blegvad
Le Noël de Salsifi 14
Salsifi ça suffit ! 48
écrits et illustrés par Ken Brown
Une histoire sombre, très sombre 15
écrit et illustré par Ruth Brown
J'ai un problème avec ma mère 16
La princesse Finemouche 17
écrits et illustrés par Babette Cole
L'énorme crocodile 18
écrit par Roald Dahl et illustré par Quentin Blake
Gruffalo 51
écrit par Julia Donaldson
et illustré par Axel Scheffler
Mystère dans l'île 54
écrit par Margaret Frith
et illustré par Julie Durrell
C'est trop injuste ! 81
écrit par Anita Harper
et illustré par Susan Hellard
Suzy la sorcière 57
écrit et illustré par Colin et Jacqui Hawkins
Trois amis 20
Le mariage de Cochonnet 59
écrits et illustrés par Helme Heine
Lilly adore l'école ! 61
Oscar 62
écrits et illustrés par Kevin Henkes
La bicyclette hantée 21
écrit par Gail Herman et illustré par Blanche Sims
Il y a un cauchemar dans mon placard 22
Il y a un alligator sous mon lit 67
écrits et illustrés par Mercer Mayer
Drôle de zoo 68
écrit par Georgess McHargue
et illustré par Michael Foreman
Bernard et le monstre 69
écrit et illustré par David McKee
Le trésor de la momie 23
écrit par Kate McMullan
et illustré par Jeff Spackman
Oh là là ! 19
Fou de football 24
Voyons... 25
But ! 71
écrits et illustrés par Colin McNaughton
Trois histoires pour frémir 75
écrit par Jane O'Connor et illustré par Brian Karas
La sorcière aux trois crapauds 26
écrit par Hiawyn Oram et illustré par Ruth Brown
Blaireau a des soucis 76
écrit par Hiawyn Oram
et illustré par Susan Varley
Rendez-moi mes poux ! 9
La belle lisse poire du prince de Motordu 27
Le petit Motordu 28
Au loup tordu ! 78
Motordu papa 80
écrits et illustrés par Pef
Les aventures de Johnny Mouton 29
écrit et illustré par James Proimos
Pierre et le loup 30
écrit par Serge Prokofiev et illustré par Erna Voigt
Je veux mon p'tipot ! 31
Je veux une petite sœur ! 32
Le garçon qui criait : « Au loup ! » 33
Attends que je t'attrape ! 83
écrits et illustrés par Tony Ross
Amos et Boris 86
écrit et illustré par William Steig
Au revoir Blaireau 34
écrit et illustré par Susan Varley
Chut, chut, Charlotte ! 1
Le sac à disparaître 35
écrits et illustrés par Rosemary Wells
Alice sourit 91
écrit par Jeanne Willis et illustré par Tony Ross
Mon bébé 6
écrit et illustré par Jeanette Winter
Blorp sur une étrange planète 36
écrit et illustré par Dan Yaccarino
Le chat ne sachant pas chasser 93
écrit par John Yeoman
et illustré par Quentin Blake